文芸社セレクション

私の人生のカラー

安藤　桃果

ANDO Momoka

文芸社

目次

幼い頃の章

私は昭和三十年一月に山口県の小野田市という所で生まれた。その頃は海も山もとてもきれいで近くの山では松茸とかも取れていた。

私は子供の頃、いつも母と一緒にいてとても私を可愛がってくれていた。

私には三歳年上の兄がいた。

兄はなぜか母の事を嫌っていて、私にもおかしな態度を取っていた。

道を歩く時も決して一緒には歩いてくれない。兄から随分離れた道の端を歩いていた。本当に訳のわからない人だと思っていた。

子供の頃、毎年の様に私のお年玉がなくなっていたが、何時もなくなる訳はないのだ。犯人はおそらく兄に違いないと思っていた。私がお年玉をどこに置いていたか兄は知っていたのだろう。

その頃父は宇部炭鉱で働いていて、沢山の社宅が近くにあった。私は近所の女友達とよく公園で遊んでいた。

私が小学三年生の時に宇部炭鉱が閉鎖になってしまい、父の友人の紹介で、名古屋の天白区という所に引っ越しをして一年ほど暮らしていた。

そんな時、父が体調を崩してしまい、母の妹達が兵庫県伊丹に住んでいたので、私達家族も伊丹で暮らす事になった。

その頃の小学校も中学校も十五分位の所にあった。それから伊丹市北野という所に新しく市営団地が出来て、母が抽選に行き運よく五階の端の部屋に当選した。

団地は新築で嬉しかったが、五階までの階段は結構きびしかったことを覚えている。

あの頃は幼くて、世の中の事はなにも知らなかった。

ただ自分の家は貧乏だとは思っていたので、親に何か買ってほしいと言った事はなかった。おそらくあまり可愛げのない子供だったのではなかったかと思っている。

幼い頃の人生を色で表すとしたら、薄いベージュ色だったと思っている。

学生時代の章

私は中学校を卒業してから園田女子高等学園へ入学した。公立を受験したが落ちてしまい家から近かった園女に入学した（園田女子高等学園を世間では園女と呼んでいた）。

私は背が高いので朝礼では一番後ろだった。バレー部の顧問に入部したらどうかと言われたが運動は得意ではなかったので、すぐに断った。

スポーツはあまり得意ではなかったが、水泳とバトミントンは好きだった。

学校のクラブは華道部に入っていて、母がいつもお正月の前になると花を沢山買って来て、

「レイコ、この花を生けてくれる?」

と言って私に渡してきていた。

その花を私なりに生けてあげると母は嬉しそうに笑ってくれていた。今でも思い出すたびに涙が出てしまう。

母は八十六歳で亡くなってしまい、とても寂しい。母とはよく喧嘩もしたが私はやっぱり母の事が大好きだった。もう少し長生きをしてほしかったと思っている。

高校生の頃には、とても仲の良い友人がいて、いつもどこへでも一緒に出掛けていた。

初めて宝塚歌劇へ連れて行ってくれたのも彼女だった。とても

可愛らしい人で、私は彼女の事が好きだった。
学生時代の人生を色で表すとしたら、薄い水色だろうか。

青春時代の章

私は女子高だったせいでもあるのか、まったく男性には興味が無かった。

高校を卒業して日本長期信用銀行大阪支店へ就職した。お客様からは長銀さんと呼ばれていた銀行だ。

その頃、長銀は淀屋橋にあったが少ししてから大阪本町に移転になった。

本町の大阪支店に行く為には、阪急伊丹から大阪梅田へ行き地下鉄の御堂筋線に乗って本町へ行くのだが、いつもとても混んでいて一度では乗れたことがなかった。

毎日とても疲れていた。地下鉄の中で将棋倒しに何回もあい何時も私が一番下になってしまうのだ。私より上の女性達は助けられても誰も私を助けてくれない。

親友に聞いてみたら、

「貴女は背が高いから大丈夫だと思われたんじゃないの？」と言った。違うんだけど、私も一応力の弱い女子なんだけど……。どうして見た目で決めてしまうのだろう。

仕事に行くだけでこんなに疲れるなんて、毎日私にとって地下鉄はとても嫌な乗り物になってしまった。

それから暫くして神戸に支店が新設されて私は異動になった。異動になった事はとても嬉しく思った。

阪急電車の伊丹駅から三宮駅まで乗りかえなしで通勤する事が出来たからである。早朝の三宮はまだ人通りも少なく歩いて職場まで通っていた。三宮センター街のお店はまだシャッターが閉じたままだった。しかし仕事帰りには友達とあちこちのお店に寄って食事をしたりお酒を飲んだりしていた。

長銀の三宮支店の一階のドアを開けると守衛さんの部屋があり、私達は私服から制服に着替える為に二階へ上がり更衣室のドアを開けて自分のロッカーで着替えて一階へ移動する。確か開店前に朝礼があり、その後に自分の席に座りそれぞれの業務が始まるのだった。その頃の長銀には一般のお客様は殆ど来られる事はなかった。

取引先の営業の方達がいつもテラー（銀行の窓口係）越しに取引をして帰られていた。

ある有名な会社の営業の方といろいろ話しながら伝票を作り、小切手や現金を預かって後方事務へ回していた。

いつも同じ営業の人が来るので、ある男性と顔見知りになって、彼の阪急夙川にあった独身寮にも連れて行ってもらい、食堂で昼食までご馳走になっていた。

彼はとても可愛い顔をしていたが、そこで彼の年齢が気になった。

私は当時二十三歳位だった。彼はたぶん二十五歳位だろうと思い聞いてみた。

「今、何歳なの？」

彼はゆっくり私を見て、

「二十一歳です」

と言った。

嘘でしょう、私よりも年下だなんて信じられないと思った。

でも今、考えてみればそれはたいした事ではない。

でも私はなぜか年上の人がいいと思っていた。友人達を見ていたせいなのだろうか？

それから彼とは会う事はなかった。

一人暮らしを始めてから、私はずっと一人だったんだと思った。

家族は私の癒しになってはいなかった。その頃叔母達が心配をしてお見合いを勧めてきていた。

私は実家を出て阪急塚口で一人暮らしを始めていたのだ。

どうしても文化住宅は嫌だったので古い小さなマンションを見つけて入居した。

とても古く狭い部屋ですぐ近くに大きな道路があり、夜中でも頻繁に救急車が走っていた。一度友人が泊まりに来て次の朝起きて、

「うるさくて眠れなかった」

と言った。でもその友人はとても太っていてずっといびきをかいていたので、私の方が眠れなかったのだと言いたかった。しかも何時も凄いピンヒールを履いていて、今にも折れてしまいそうだった。そのマンションで七年間も暮らした。

当然女性の一人暮らしなのでいろいろな事があった。部屋の鍵をなくしてしまい、その鍵を捜すために同じ道を歩いて戻ったり、又お風呂を覗かれたりもした。警察に相談に行くと、カラーボールを買って用意していたらどうかと言われた。すぐにカラーボールを買って傍に置いていたが、それ以降は使った事は一度もなかった。

長銀で働いていた時に、有給を取って友達と一緒に海外旅行（中国、ハワイなど）とか、国内旅行では沖縄などへ行き、楽しく過ごしていた。

若い頃、貴女はある女優さんに似ていると友達に言われた事があった。

でも自分では一度もそう思った事はなかったし、誰かに似ていると言われても余り気分のいい話ではないと思っていた。

その頃の私は何時も女性の友達と一緒に宝塚歌劇やいろいろな所へ出掛けていた。

それなりに楽しく過ごしていた。一度とても背の高いイケメンと逢う事になった。

次の日の連絡の為に彼の家に電話をかけた時に彼の母親らしき人が出て、

「あら、幸子ちゃん」

と言ってきた。

彼に電話を変わってもらい、

「今、幸子ちゃんと言われたけど誰なの？」

と聞いてみたら婚約者だそうだ。あきれて何も言えない。腹がたったので、

「ちょっと背が高くて男前だからって調子に乗ってるんじゃないよ」

と言ってやった。

「あなた位の男前は吐いて捨てるほどいるんだから、よく覚えときや！」

と言って電話を切った。私の父も兄も浮気をして嫁さんにひどく叱られていた。

兄が二十三歳の時に、義姉に妊娠したと言われて結婚をしたがそれはまっ赤な嘘だった。

それから約十三年もの間、子供は出来なかった。そんな兄も義

姉も私は余り好きではなかった。この人達は何でそんな風になってしまうのか？　自分が今、悪い事をしているという意識はないのかと思う。ただあきれて何も言えやしない。

そんな時はやはり宝塚歌劇はいいなぁと思ってしまう。

青春時代の人生を色で表すとしたら、色々な色が混ざり合ったグレーだったと思っている。

人生の暗闇の章

高校を卒業後、長銀には三十歳まで勤めていた。以前は二十四～二十五歳位で寿退社が普通だったが、その頃から女子社員が長く勤務する様になっていた。

その後、奈良の男性と知り合い、交際を申し込まれて迷いながら付き合い始めた。

彼の家に七歳位の姉の娘が同居している事がわかった。

やがて彼の子供を妊娠してしまい、彼に相談してみたが、やはり姉の娘のほうが可愛いと言われて、その日のうちに産婦人科のドアをくぐっていた。

それからは男性と話をする事も出来なくなってしまい本当に辛い時期を過ごしていた。

それでも私には仲の良い男性の友達がいた。彼は私にプロポーズをしてくれた。

とても嬉しく思ったのだが、私はやはり背の高い人が好きだった。

彼は私と同じ位の身長だった。

でも性格はとても良くて、毎年お正月に一升酒を持って私の部屋に来てくれていた。

その時、彼に聞いてみた。

「友達ではだめなの？」と。

彼は、

「それでも十分やで」

と言ってくれた。

その頃私は阪急伊丹の駅前にあったスナックのマスターにカウンターの中に入ってくれないかと言われて、その頃残業が多かったので断ったが、少しでいいからと言われて本当に少しの間カウンターに入っていた。

彼は、

「夜遅くなると危ないから」

と言って毎回私を家まで送ってくれていた。

彼も何年か後に結婚したと噂で聞いた。

そして三人の子供の父親になったと聞いた時には、本当に嬉しく思った。

それなのに彼は自殺をしてしまったのだ。

いったい彼に何があったのだろう？　残された家族の事は考え

なかったのかと、とても寂しく辛い思いをしてしまった。
彼は何故周りの人に一言の相談もなく寂しく死んでしまったのだろうか？
私も何回か、自殺未遂の経験があり、又すごいうつ病にもなった。
でも死ねなかった。
独身生活の人生を色で表すと、濃い茶色だったと思っている。

結婚生活の章

私は三十三歳の時に夫とお見合いをして、しばらくの間付き合って結婚をした。

結婚前には、夫の車でいろいろな所へ行った。その中でも最初に行った所が思い出になっている。

それは、姫路セントラルパークで、沢山の動物を見たり、私が作った三色弁当をおいしいと言って食べてくれたので、朝早く起きて作った甲斐があったと思っていた。

その他にもドライブでいろいろな所へ行ったりして楽しい日々を過ごしていた。

夫と結婚した後、いつも兄嫁は兄が沢田研二に良く似ていると言っていたので私の親友に、

「私の結婚式の日に沢田研二に似た人はいたかな？」

と聞いてみると、

「そんな人は一人もいなかったよ」

と答えが返ってきた。

それに私は彼のファンだったので、彼女の言った事に同感だと思った。

夫との結婚生活の始めは会社の社宅で、夫が定年までの間に二回引越ししながら過ごした。

結婚して半年後に夫の父親が亡くなってしまい、夫は随分悲しかっただろうと思った。

私達は子供には恵まれなかったが、仕事の休みを利用していろ

んな所へ車で出掛けて、それなりに楽しく過ごしていた。

でも、毎年正月に夫の大分の実家に帰省して、義母と一緒に過ごす事が、私にとって何よりも辛い日々だった。

夫が会社を定年退職する前の夕食の時に、夫に聞いてみた。

「これからどうするつもりなのか？」と。

夫は大分の義母が一人で住んでいる古い家を新しく建て替えると言って、平屋の家を建ててしまった。私がどんなに反対しても聞く事はなかった。

しかたがないので夫と一緒に大分の新しい家に住むことにしたが、半年くらい過ぎた頃に夫がＢ型肝炎から肝臓ガンになり手術をした。発見が早かったのでしばらくして良くなってきたが、今度は私のうつ病が酷くなってきた。

義母がある日、私達を自分の前に座らせて、文句を言い続けていた。

その時、私達の隣に座っていた夫の姉が私に、

「貴女さえ我慢してくれればそれで済む話なの」

と言ったので、私は自分の耳をうたがった。

義姉はこれまで私がどんな気持ちでいたか、わかっていないのだろうかと思った。

すぐに帰って離婚届けを書いて出そうと思っていた。

私の両親も賛成してくれ、

「すぐに帰っておいで」

と言ってくれた。

すぐにでも帰ろうとしたら雨が降ってきたので明日にしようと思った。次の日も雨だったので一人で駅に向かい特急電車、新幹線に乗って実家に帰ってきた。

雨はその日ずっと降り続いていた。

結婚生活の人生を色で表すとしたら喜びや楽しさのピンク色と悔しさや悲しさの濃いグレーが混じった色だったと思う。

晩年の結婚生活の章

私はなんて運の悪い人間なんだろう。

実家へ帰ってきて、しばらくして友人の世話で宝塚の借家を借りて一人で生活をしていたが、三ヶ月後に夫が大分から帰ってきて一緒に暮らす事になった。だから離婚届けは出せなかった。

父の日に実家の父へプレゼントを持って行き、

「じゃあ又来るからね」

と言って玄関のドアの前にあった三段の階段から、意識がなくなり転げ落ちてしまった。

その時私は、以前の自転車事故の際に怪我したふくらはぎの血栓が肺に飛び、肺血栓になり倒れたのだ。

倒れる前は、まるでカメラのシャッターを切った時の様に確かに『カシャ！』という音が聞こえた。

私の前を歩いていた夫がすぐに物音に気付き慌てて私の両親に、「お義父さん、レイコが倒れて意識がありません。すぐ救急車を呼んで下さい！」

と言ってくれたそうだ。

すぐ救急車が来て搬送されている途中、一度心肺停止になって電気ショックで呼吸が戻ったそうだ。

そして兵庫医大へと搬送された。

その時に着ていた洋服は結構お気に入りだったが見る影もなく切り裂かれたと後で知った。病院内でも何回か心肺停止になった事も夫から後で聞いて知った。

料金受取人払郵便

新宿局承認

2523

差出有効期間
2025年3月
31日まで

(切手不要)

郵便はがき

1 6 0-8 7 9 1

1 4 1

東京都新宿区新宿1－10－1

(株)文芸社

愛読者カード係 行

ふりがな お名前		明治 大正 昭和 平成 年生 歳
ふりがな ご住所	□□□-□□□□	性別 男・女
お電話 番 号	(書籍ご注文の際に必要です)	ご職業
E-mail		

ご購読雑誌(複数可)	ご購読新聞 新聞

最近読んでおもしろかった本や今後、とりあげてほしいテーマをお教えください。

ご自分の研究成果や経験、お考え等を出版してみたいというお気持ちはありますか。

ある　　ない　　内容・テーマ(　　　　　　)

現在完成した作品をお持ちですか。

ある　　ない　　ジャンル・原稿量(　　　　　　)

書　名				
お買上 書　店	都道 府県	市区 郡	書店名	書店
			ご購入日	年　　月　　日

本書をどこでお知りになりましたか?

1.書店店頭　2.知人にすすめられて　3.インターネット(サイト名　　　　　)

4.DMハガキ　5.広告、記事を見て(新聞、雑誌名　　　　　)

上の質問に関連して、ご購入の決め手となったのは?

1.タイトル　2.著者　3.内容　4.カバーデザイン　5.帯

その他ご自由にお書きください。

(　　　　　　　　　　)

本書についてのご意見、ご感想をお聞かせください。

①内容について

②カバー、タイトル、帯について

弊社Webサイトからもご意見、ご感想をお寄せいただけます。

ご協力ありがとうございました。

※お寄せいただいたご意見、ご感想は新聞広告等で匿名にて使わせていただくことがあります。

※お客様の個人情報は、小社からの連絡のみに使用します。社外に提供することは一切ありません。

■書籍のご注文は、お近くの書店または、ブックサービス(0120-29-9625)、セブンネットショッピング(http://7net.omni7.jp/)にお申し込み下さい。

私が病院に担ぎ込まれた時に先生に、

「この方は何歳ですか？」

と聞かれたので夫は五十八歳だと答え、

「先生よろしくお願いします」

と言ったら先生は、

「まだまだ早いよ、とにかく生きてほしい」

と言って二度の心肺停止になっても諦めず処置を続けて下さったとの事だった。

先生方のおかげで命を取り留める事が出来た事は本当に有難いと思った。

その時自分では息も出来ない状態だったのでベッドの上で酸素吸入器を付けて、その他に沢山の器具や機材を付けられて長い間意識が戻らず夫は廊下で泣いていたそうだ。

その後、意識は戻ったがまだ免疫力が弱っていたので個室に入り他の人の病気が移る事のない様にしていた。

入院して始めの頃は何も食べられず、しばらくすると薄い味のお粥に変わり、やがて普通の食事が出てくる様になった。

でも病院で出てくる食事があまり美味くないと夫に言ったら、次の日から料理を何か一品とフルーツを少し持って来てくれていた。二ヶ月程の入院で体重も随分落ちてしまい足に力がはいらない。

病院の廊下を手摺りにつかまりながら歩くのがやっとだった。

家に帰ると又ひどいうつ病になってしまい誰とも会えなくなってしまった。

約一年近くそんな状態だったと思っている。私は退院した後もずっと心療内科へ通院していて、夜眠れないので寝る前に睡眠導

入剤を飲んでいる。主治医の先生に、

「あなたの様にいろいろな経験をしている人はあまりいないと思いますよ。でも運がいいのではないですか？」

と言われて、これでも運がいいのかと思っていた。

私がうつ病になった原因は自分の性格的なものではないのかと思った。

高校生の頃、担任の先生に、

「貴女はとてものんびりした性格と、とても神経質な性格の両方を持っているのよ」

と言われた事があった。

自分でもある程度はそう思っている。

だったらその性格を変えてしまえばいいのではないかと思った。

でも自分の性格を変えるのは無理ではないかと思った。生まれ持ってきたものではないのかと思っている。

結婚前に夫の実家へ行った時から、義母は意地の悪い事ばかり言ってきていて自分の娘や息子には何も言えやしない。年を取ってから面倒をみてもらいたかったのだろうと思った。夫に対しては別に好きとか嫌いとか思った事はなかった。

ただ一人暮らしの部屋はあまりにも寒く、毎日残業続きで疲れきっていたのだ。誰でも良かった。ただ少しだけ私を休ませてくれる人ならいいと思っていた。

そんな結婚生活も二十七年になり、私にとって阪神淡路大震災よりももっと大きな出来事が、肺血栓で倒れて心肺停止になり生死をさまよいながら生き返った事である。

その当時に住んでいた借家は二階建てで階段は狭くて怖かった。五年近く住んでいたが、西宮に住みたいと思った。

そこでようやく逆瀬川の不動産屋で阪神甲子園の駅から近いマンションを見つけて、そこで暮らした。

結構便利は良かったが、マンションは三階建てで築二十三年以上と古くエレベーターもなくて駐車場も遠いところにあった。

ある日近くのペットショップに好きな犬を見に行った。

そこにとても可愛らしい猫がいて、なんて可愛いんだろうと思い夫には内緒で買ってしまった。夜その事を話してみたらひどく怒られた。

でもそのマンションでは動物は飼ってはいけない決まりだった。とはいえ他にも何軒か犬を飼っている人がいたのでマンション組合の理事長に相談して今回だけは飼ってもいいと許しをもらった。私より夫の方が可愛がり大切に育てた。マンションの管理費が高くなってきたので、新しいマンションに引っ越ししたいと思ったが夫は余り乗り気ではなかったので一人で不動産会社へ行き今のマンションを選んで決めた。十階建ての七階の部屋だった。

　管理費用もあまり高くなくて駐車場も有った。このマンションを買った時に夫と揉めてストレスが溜まり、再びうつ病になってしまい食事も出来なくなった事もあった。

　そんな時に夫は私が食事を食べられる様になるまで、勤めている会社の社長に事情を説明して仕事を休み、食事を作ってくれていた。夫は、

「お前が今のマンションで一人で生活出来る様になったら大分の実家に帰る」

　と言っていた。

「やっぱり大分に帰るんやね」

　と私が聞くとだまってうなずいた。

夫は思ったとおりのマザコンだったのか？　以前、社宅の向かいの友人に言われた事があった。「貴女のご主人は大分の母親にそっくりだけど気が付いていないの？」と。

あれから随分時間が過ぎて彼女の言葉を思い出してみると、彼女は正しい事を言ってくれていたんだと思った。ようやく今になって気が付いた。

でもそれは多分何とかなるんじゃないかと思った。人の人生なんて誰でもこんなものなのだろう。そう思ったら少し気が楽になった。

そんな事を思って夫と相談をして今のマンションを買った。

それから今まで一緒に暮らしていて、今では猫も一匹増えて世話をするのは大変だけれど、桃果ちゃん、アップルちゃんと名前を付けて一緒に住んでいる。

私達には子供がいないので猫を子供の様に可愛がっている。

先日、虹を見た。久しぶりに気分がよかったので、これはきっと何かいい事があるのかもと思ってすぐに宝くじを買ってみた。

もちろん何も当たっていなかった。

何回も当たっている人も沢山いるのに私は一度も当たった事はなかった。それでも私の両親はたまに三万円とか五万円が当たり、その当選券を私にくれて、

「これで何かほしい物やおいしい物でも買っておいで」

と言ってくれていた。

もうそんな両親も亡くなってしまいとても寂しい事だと思っている。

又、今のマンションで生活しだしてからコロナが発生して大変

だった。コロナにかからない様に気を付けてワクチン接種も七回したのでコロナにかからずに済んだ。

夫は今働いている会社を来年四月で辞めて大分の実家へ帰る事になった。

私は夫と一緒に大分に行こうか、それともこちらに残って一人で暮らそうか、まだ迷っている。

最近私はよく怪我をする様になった。

ここ二年で転倒して鎖骨の骨折、そして腰椎圧迫骨折をしてしまった。

こんな状態で私が一人で暮らしていくのは無理だと思ったのだ。なので夫と一緒に大分へ行こうかとも思った。もう若くはないのだ。これからどんな人生が待っているのだろう？　できるだけ顔をあげて前を向いて、一歩一歩ゆっくり歩いていきたいとこれからの人生をいろいろ考えて悩んでいたので、ストレスが溜まってしまい一時的に意識がなくなった事がある。

又私一人で外出して夜遅くタクシーに乗って家に帰る時に意識がなくなり運転手さんが救急車を呼んでくれて病院に搬送された。

その病院で検査をしたがどこにも異常がなかったので、その日は後から車で来てくれた夫と一緒に帰ってきた。

先日も着物屋の催しで京都へ出かけた帰りに梅田で意識をなくして倒れた。

その時一緒にいた若い店員の男性がトイレに入ろうとしていた人に、

「私の知人の女性が出てこないので中を調べてくれませんか?」

と言って調べてもらったら、私がトイレの手洗い場の所で倒れていたそうだ。

その時一緒にいた若い店員さんが救急車を呼んでくれた。その時私は携帯電話を家に忘れて来ていたので救急隊員の人が、

「家族の方に連絡したいのですが」

と言われて若い店員さんが私の担当の女性に連絡してくれて、家に忘れていた携帯電話に連絡してくれた。

夫に、私が梅田のトイレで意識をなくして倒れた事を話してくれた。

救急隊員の方が夫の携帯電話の番号を教えてもらって下さいとの事だったので夫は携帯の番号を教えたそうだ。

しばらくして救急隊員の方から夫に電話が掛かってきたそうだ。

隊員の方から私の事をいろいろと聞かれて、

「すぐにこちらに出てきて下さい」

と言われて、場所を聞いて、阪神電車に乗り梅田に来てくれた。

梅田に到着して改札口を出た時に救急隊員の方から電話が掛かってきた。

私が乗った救急車を曽根崎警察署の前に停車するので、そこに来てほしいとの事。

夫がそこへ行くと救急車がまっていたので隊員の方に声を掛けたら、

「旦那さんですね、乗って下さい。今から西宮の掛かりつけの病院へ搬送します」

と言われたそうだ。

西宮へ向かって走行していた救急車の中で私はパニック状態になっていたと後から夫に聞いて知った。

「今のところ、異常はありませんが、今回は詳しく脳波の検査をしたいので何日か入院して下さい」

と言われた。夫がどうしてこんな事が起きるのかと聞いたら、一種のパニック障害ではないかと言われたそうだ。

病院の面会時間は午後一時から五時の間で、面会は十五分間だけだった。

次の日に夫が必要な物を持ってきてくれて三日目の午前中に脳波検査をして正常だったので、先生に家に帰りたいと伝えると、

「午後から退院してもいいですよ」

と言われたので、夫に電話をして迎えに来てもらって家に帰ってきた。

私は最近大衆演劇にはまっている。

宝塚歌劇とは又違ったおもしろさがある。

歌劇の様な華やかさはないけれど、こじんまりしていて、しかも結構沢山の劇団がある様だった。公演中に、ファンの方達が何

万円ものお捻りやプレゼントを渡す方も沢山いらっしゃる。ずっと歌劇しか見てこなかった。

もちろん出待ちや入り待ち、それから花籠やお昼の差し入れなどもしていた。

毎回公演の後にファンの私達とご本人だけでお茶をしながら、

「今日はどうやったかな？」

とか聞かれるので、

「ちょっと一箇所セリフがおかしいところがあったと思います」

とか楽しく話しながら駐車場まで送っていき、その後それぞれ家に帰っていた。

今思い出すと、とても楽しい日々だったんだと懐かしく思い出される。

普段の生活でも出来るだけ注意をしていても事故は起こるのだ

ろう。もうそれは自分の運命だと思うしかないのではないか。

じゃあ私の運命はどんなものだろうか、後どれくらい元気で生きていられるのかわからないけれど死ぬ間際になった時に走馬燈のように見えてくるのだろうか。

本当に人生は何が起こるのか、見当もつかないものなんだろうと思っている。

だけど、いろいろ気になんてしてはいられない。出来る事なら何があっても軽く通り過ぎて笑い飛ばしながら生きて行ければ最高ではないのかと思う。

でもそれはとても難しい事だと思う。泣いてしまえば気分は少し軽くなり精神的にもいいらしいが、私くらいの歳になると泣くのは恥ずかしい事だと思ってしまう。

これからは我慢せずに思い切り声を出して泣いてみようか。多分無理なような気がする。難儀な性格だと思っている。

いったい誰に似たのか考えてみた。やはり母なのかと思った。母はずっと病弱なせいもあって、いつも周りの人の同情を欲しがってしまうのかと思っていたし、父の冷たい態度にもやはり嫌気がさしていた。

何時か誰かが、

「人間は良い人ばかりではないのである」

と言っているのを聞いた事がある。

くれぐれも用心する事に越した事はないと思っている。

先日ある私鉄の電車に乗っていた時に若い男性が席に座って携帯電話を見ていた。

彼の前に年配の男性が立っていた。その若い男性は年配の男性には目もくれない。

しばらく彼の事を見ていたが席を譲る事はなかった。今の若い人が老人に席を譲るという事が無理なのかと少し悲しく思った。

彼ら若い世代の親というのは多分私達の世代なのだろう。私には子供がいないので、よくわからない。

今時の若い人達の親はよく言っているような気がする。学校の教育が悪いからだと。

はたしてそうだろうか？　私は違うと思う。

やはり基本は家庭教育じゃないのかと思っている。私達の時代は家にいる時は親が教育し、学校では先生が教育していたように思っている。そして周りの人も協力して子供を育てていたと思っている。

子供のいない人が何を言っているのかと言う声が聞こえてきそ

うだ。

せめて世の中に迷惑をかけない子供に育てるように頑張ってみてはどうかと思う。

そうすれば世の中にもっと明るいニュースが増える様な気がするのだけれど。

私が言っている事は無理なことなのか?

私はそうは思いたくはない。一度くらいは考えてもいいのではないかと思っている。

私はどうしても子供がほしくて、ちゃんと結婚出来る人を探したのに夫にはほとんど子種がなくて、それでも夫の母親は、

「子供が出来ないのは貴女のせいでしょう」

と言っていた。そんな時は又離婚という言葉が浮んでくるのだ。

でもこれから一人でどうやって生きていけばよいと言うのだろう。

私はショッピングが好きなので財布の中はいつも寂しい状態が続いてしまう。

今は夫が一緒に居てくれるので生活はなんとか成り立っているけれど、何時かはどちらかが残り一人になってしまうだろう。

私かも知れない、その時の事を考えてみると、今のうちからお金の管理はちゃんと出来るようにしておかないといけないと思っている。私の知り合いにずっと一人で歳を重ねている人がいるのだけれど、その人とは考え方があわない。友達にネックレスや指輪をねだって買ってもらい、すぐに売ってお金に換えてしまう。まったく理解出来ないしそんな事はしたくもないと思っている。お金がなくても、それなりの生活をすればいいのではないかと思っている。

自分も何時か彼女の様になってしまうのだろうか？　私の周り

には彼女の様な生き方をしている人は一人もいない。

そんな生き方は死んでもしたくないと思う。

最近夫によく言われる事がある。

「人の行動やしぐさに対して小言が増えたよ。あまり何事にも敏感になりすぎているよ」と。

そう言えば、過去に友人に一度言われた事があった。

「貴女は身体は女性だけど中身は男性みたいやね」と。

でもそれは違うと思っている。結構小さい事にも気を揉んでくよくよしてしまうし、人に隠れて泣いたりもしているのだ。でもそれは顔に出すような事ではない気がしている。でも年々老いて行く中で、何時までそんな強気でいられるのかはわからない。

日々の生活の中で、なるべく頭を使い、身体を動かして嬉しい事や悲しい事もちゃんと感じながら生活をして行きたいと思う。

今はまだ若いつもりではいるがやはり体力は落ちているような気がする。

私は自分の事を結構平和主義だと思っているが、何か理不尽だと思う事に出合うと顔つきが変わってしまうらしい。

他人の前だと充分に気を付けているつもりだけど夫の前では人相が変わってしまうらしい。おそらく一番大事にしなくてはいけない人なのに気を付けなくてはいけないと思っている。

今、我が家は夫と私の二人と二匹の猫（桃果ちゃん、アップルちゃん）と暮らしている。

長女桃果は今年の六月で六歳、次女アップルはまだ半年過ぎの子猫で、まだ余り仲良くしてくれてはいない。でも二匹共可愛くてしょうがない。

晩年の結婚生活の人生を色で表すとしたら、悪い事続きの濃い灰色と可愛い二匹の猫達が来てくれて家族が増えた嬉しさの濃いピンク色だと思っている。

未来の人生

私はせめて次女のアップルの命が尽きるまで元気でいたいと思っている。
でも最近のペット達は長生きをするそうだ。大丈夫なのかと心配になってくる。
余り自信はないけれど、とにかく体力をつけて元気でいたいと思っている。
それぞれの天命を見守り送り出した後に静かに私も旅立ちたいと思っている。
誰かが、

「きっと大丈夫よ」

と言ってくれないかな。でもそれは自分自身で頑張るしかないのではないかと誰もが思っている事なんだろう。

何回も救急車に乗せられて、何回も自殺をしようとして、何回も骨折やうつ病になり、それでも私はこうして生きている。

これからも色々な事が起こるのだろう。

もちろん良い事も嫌いな事も誰もがこうして毎日を暮らして行くのだろうと思っている。

だからこれからの人生を夫と二人で力を合わせて、精一杯生きたい。

出来る事なら、幸せだったと思いながら一生を終えたいと思っている。

未来の人生を色で表すとしたら良い事だらけのバラ色でありた

いと思っている。

著者プロフィール
安藤 桃果（あんどう ももか）
山口県小野田市生まれ。

私の人生のカラー

2024年12月15日　初版第1刷発行

著　者　安藤 桃果
発行者　瓜谷 綱延
発行所　株式会社文芸社
　　　　〒160-0022　東京都新宿区新宿1－10－1
　　　　　　　　　　電話　03-5369-3060（代表）
　　　　　　　　　　　　　03-5369-2299（販売）

印　刷　株式会社文芸社
製本所　株式会社MOTOMURA

ISBN978-4-286-25760-0